U0127068

清・馮煦修　魏家驊等纂　張德霈續纂

鳳陽府志

十册

黄山書社

水攷上

昔桑欽作經道元爲注敘淮水原委最晰其云至九江壽春逕硤石過當塗鐘離皆鳳郡境也經又別出泚水泄水肥水睢水諸章卽今經河其沙澮水又詳於陰溝水篇而椒洛濠池源出郡境則順敘於淮水篇中不緟標幟以今準古雖變遷異趨岐分殊目要合桑酈之說者十八九焉李申耆云近八編方志往往勇於憑心怯於稽古遂致展轉謬失蒙弗敢以逕記緜褫不參平議爰据提綱之例聊補舊乘之遺述水攷上篇

淮水出河南桐柏山繞湖北隨州境經河南信陽羅山光山息縣光州新蔡固始境入江南經阜陽霍邱潁上東流八百餘里入鳳陽府境禹貢導淮自桐柏　山海經淮水出餘山　水經淮水出南陽平氏縣胎簪山東北過桐柏山　說文淮水出南陽平氏桐柏大復山按胎簪大復皆桐柏支峯餘山乃桐柏之異名　水經注引風俗通曰淮均也春秋說題辭曰淮者均其實也釋名曰淮韋也韋繞楊州北界東至於海也按韋圍同聲段借淮韋聲訓

淮水又東至正陽關入壽州界潁水自西北來注之謂之潁口

潁水今名沙河出河南開封府登封縣東南經禹州襄城臨潁至陳州府懷甯縣之周家口而合北來之沙河今名蔡河卽水經之蒗碭渠也又分爲二一由南頓項城一由沈邱太和而合于潁州府城南之三里灣又東南逕潁上縣東而入鳳臺縣境

之楊家腦坊又東南至潁上縣之八里垛即春秋時之潁尾杜氏注云在下蔡

入淮在鳳臺境行五里漢書地理志潁州郡陽城注湯乾山潁水所出東至下蔡入淮過郡三行千五百里荆州寖李兆洛鳳臺縣志云漢時潁口本屬下蔡

泚水自六安西南來注之

泚水一作淠水又作渒水出六安州霍山縣天柱山南會衆流入河南固始縣界又東經霍邱縣北流至隱賢集入壽州境北逕迎河集又西北入淮其分流而復入於泚者爲泄水水經淠水出廬江灊縣西南霍山東北過六縣東北入於淮泄水出博安縣北逕芍陂西與泚水合西北入于淮酈道元注引地理志泚水出泚山不言霍山泚字或作淠水又東北逕博安縣泄水出焉渒水東北右會蹹鼓川水又西北逕馬亭城西又西北逕六安縣故城西又西北分爲二水芍陂出焉又北逕五門亭西西北流逕安豐縣故城西又北會濡水自濡溪逕安豐縣北

流注於淠亦謂濡須口亂流同歸也明史地理志六安州西有渒水亦曰泚水下流至壽州入淮

淮水又東北逕豐莊鋪南在壽州治西四十里又東北逕菱角嘴又東北屈至魯家口入鳳臺界壽州志豐莊鋪即古壽春縣故城淮水在壽州境行六十里從鳳臺境行一百四十五里鳳臺縣志正陽關至魯家口十五里縣城西南五十里南岸屬壽州北岸屬鳳臺自魯家口四十里至賀家淺直北西南岸仍屬縣界

淮水又東北左合焦岡湖水水經淮水又北左合椒水酈道元注水上承淮水東北流逕蛇地南又歷其城東亦謂之清水東北流注於淮水謂之清水口者左合椒水焉按焦亦作蕉水經注作椒音相近也椒水謂之椒江水言其水之大也今爲焦岡一聲之轉

焦岡湖在壽州西三十里相近爲董峯湖皆在淮之左南流入淮

淮水又東北流至壽州城西東肥水合衆水東南來注之謂之兩河口水經淮水又東過壽春縣北肥水從縣東北流注之酈道元注淮水於壽陽縣西北肥水從城西而北流入於淮謂之肥口按兩河口因東肥西肥入淮而名

東肥河出合肥西北之將軍嶺分流西行合南北諸水經錢索澗爲金城河至廖家橋入壽州境始通舟曲折行三十里至船張阜北二十里至白洋店又北二十里至邢家鋪又東北五里會紅石橋水又東北五里會蓼王澗水至韋擺渡北十餘里至瓦阜又北十餘里會莊暮橋水十餘里至馬鬭渡有灘周二里餘又北至棗林灘黃家灘孫家嘴神樹廟北會東陡澗水至楊家臘十里至東津逕城東北入鳳臺縣逕過北門大橋至兩河口入淮水經肥水出九江成德縣廣陽鄉西酈道元注呂忱字林曰肥水出良餘山俗謂之獨山也太平寰宇記合肥縣肥水出縣西南八十里大潟一統志紫蓬山在合肥縣西南七十里一名良餘山又名藍家山安徽通志東肥河壽州東北下界源出合肥之紫蓬山北流三十里分爲二水其一東南入於巢湖其一西北流二百餘里至壽州境入於淮江南通志謂即謝元破苻堅處

皋口河壽州南六十里自芍陂皋口門分流至壽州東津渡入東肥水

沿河即水經注之閻澗水出合肥縣東北土山歷定遠縣西至方家集入壽州境過莊墓橋水始盛通舟楫經下塘集車王集陳楊集陳楊集北有黃濤陂歷君家集全洋阜至大橋灣水盛則黃濤陂與大橋灣相連由大橋灣過朱家集橫塘集聖佛寺至沿河入肥

大香河即芍陂瀆瀆自芍陂大

香門北流至古城分為二水一由三里橋注城濠至北門外入肥一由二里橋注城濠至南門外入肥　東陸間(即水經注之閘漿水)出芍陂阜口閘東北流經老廟集對亭鋪折而東行歷東陸澗入肥　尉升湖(今名西湖)在壽州西門外周六十里淮水漲則成巨浸

又西北至壽塘關西經熞龍山下屈而西至硤石口屈而北西肥水合崇水自西北來注之(水經注淮水又北夏肥水注之按夏肥水即今西肥河)

西肥河上承河南鹿邑縣清水河為古沙水故道別而為肥出亳州東南岔河嶺東南流經城父村南又經太和縣東南境阜陽縣西北境凡行二百五十餘里至管家渡入鳳臺縣

界又東南三里黃溝水左入之又三里黑土溝水右入之又十三里至黃家渡(即水經注大崇陂)又二里柳黃溝水右入之又十餘里為郭家潭(又名老龍窩肥水最深處)折而西北流二里至闞疃集南白洋溝水左入之(溝集蒙城西南境平原之水十二里至鳳臺境闞疃集南流二里入肥溝中多泉歲旱不涸)過馬頭橋折而東南為胡盧套又二十二里過雙廟西一里貝溝水又入之又三里為老壩窩(右岸為水月村左岸為展溝自闞疃至楊村潭窩極多老壩窩瓦子寺窩尤深)又三十里至展溝集東展溝水又入之又十餘里至瓦子寺渡又十餘里過卜家橋又五里過楊村大橋又十六里至米家窰西濟河水右入之(又名謝河)又五里過吳家橋又二十里經潁上縣東北境繞侯家樓盤曲行四五里

誌云三望侯家樓肥河至此極迴折也又五里至高家樓復入鳳臺境又十五里至殷家岡南濄泥河合三水自東北來會折而東北六里逕福鎮集南又六里過雙龍橋折而東南三里爲靴倚灣又六里爲彭家渡又十五里爲朱家渡又三里爲王家渡又四里爲萬家渡又四里徑孤山南蔣家嶴又十里至硤石西左出枝津爲新河又東入於淮漢書地理志沛郡城父夏肥水東南至下蔡入淮過郡二行六百二十里李兆洛云今肥水自亳州以下至硤石入淮處凡五百餘里水經沙水由城父縣西南出枝津一爲章水一東注爲濮水謂之肥水注謂即春秋夷濮之水又謂濮水即沙水之兼稱得夏肥之通目言其委也又言夏肥水上承沙水於城父縣右出東南流逕城父縣故城南按城父以上名沙水城父以下名肥水

濄泥河又名港河有三源一自蒙城西南何溝集西南流三十里一自蒙城西南高皇廟南流三十五里一自縣北界王家店東南流二十餘里會於杜家橋即水經注雞水之源左會界溝水南過孫家橋壩網坑此處水深土人築壩張網取魚故名又東南爲閻家陵即水經注之雞陵又東南至嶺子頭西左會港溝水嶺子土埂綿屬即水經注黃陂遺址又東南流左會小黃河水水自雪家集之小中孤堆東側分黑河水南流十二里過蔣家橋折而東南十餘里過石橋會於濄泥河又東南過縣橋顧家橋集西又西南至老董墳即水經注茅陂處又曲逕徐家孤堆渟爲雞溝湖又西南會於西肥河自杜家橋而下屈曲行六十里入西肥河之水此爲最大又黑河雖東行而驟雨水集分流由小黃河入濄泥河者常十之七故每有泛溢之虞又北出兩硤間謂之硤石過硤石曰新河口左合西肥水枝津

殺硤石之湍流也水經淮水又北逕山硤中謂之硤石酈道元注對岸山上結二城以防津要

新河在硤石山西麓西肥河委北繞篠山長山禹王山東北入淮長二里餘鳳臺縣志明萬歷間知州鄭琉以淮肥並出勢積難洩州城長被水患督吏目彭希壽鑿引此河分肥水由硤石外入淮以散其勢後遇大水不至甚患硤間湍急不利行舟則由新河以達肥河避中流之險萬歷間知州莊栢加濬李兆洛云今河底淤淺亦宜疏濬然水勢大而河身小所洩亦無幾此時大潦之歲水由孤山之麓踰岡而過其橫流如此

又北右出爲套子河又北而東左被菱角湖淮不漲湖無水徧種禾稼又北至眠羊石鳳臺縣志淮出硤北行折而東石自北岸如羣羊奔水中往往觸舟鑿之復生屈而東過下蔡故城南套子河仍合之又東至紅石山西瑤澗湖水西北注之

套子河在硤石北二里由淮河東分支四里至下蔡城南新橋東仍入淮李兆洛云東硤之陰五里至邱溝爲沙地即依之鑿引此河分洩淮水漲勢舊志不見未詳鑿自何時

瑤澗湖亦名姚家湖在鳳臺縣東三里在淮之右

又折而東南行駕河水西北來注之

駕河自鳳臺縣西北境界溝集之邵家店東西分水西行者入倉林溝東行者入陳摶湖湖水東行爲駕河經管家大溝過管店橋至項家莊南折而西南行至羅家集右會樊廟水又東南行右會大安溝又東南行右會郭塘水又東南行過丁家集東興善小橋與善大橋折而南右會楊廟水又南行右會九龍溝折而西南行右會積善溝水折而東南行左會

裔溝水[溝自夾家集西北八里之孫家埠後平原脊南北分水北行爲門裔溝入蒙城境穿黃河大溝河長五十餘里南行爲南裔溝繞其東又南行過王家壩穿黑濠河過黃家橋抵東泥河劉家土橋西又穿東泥河至鄧家塘過張家橋王家橋至石家集過石家橋入駕河長三十六里]又西南行過石片橋又西南行屈繞清風孤堆三面過青石橋折而東南右會劉溝水又東南行左會蔣溝水又東南行過黃家橋右會柳溝水折而南行右會十里溝三里溝折而東至陳家大橋折而東北過胡家橋折而東入戴家湖左會蘆溝水[蘆溝分流北行亦入泥河折而東]南行穿湖三里至黃橋溝口注於淮[李兆洛云舊志不詳駕河而以裔溝爲經河非也駕河起自邵店北首流至黃橋溝口注淮迤行五十餘里大澳界溝集西南及顧家橋以東平原雨水所瀦其東距裔溝乃縣北境開鑿渠道洩水入於駕河者 駕河入淮處亦頗淤墊但上流間有淤塞當隨時疏濬]

右出支爲月河

月河[又名小河]於淮北岸黃橋溝口分淮水一支東行十里過灣橋又三里過泥岔橋又三里過許店橋又八里過曹家橋又五里過王家橋又東十餘里至平擺渡復入淮

又東北至盧家溝口[水經注淮水東逕八公山北歷潘城南潘谿戍戍東側潘谿吐川納淮更相引注李兆洛鳳臺縣志云即今之盧家溝口]

又屈而東左出爲柳溝河又東會墩子湖

柳溝河[又名水溝河]於淮北岸胡家集分淮水一支東北行三里會響水澗水折而東四里至高皇寺南又東南流六里入懷遠境湯魚湖會東泥河至尹家溝入淮[李兆洛鳳臺縣志云月河柳溝皆淮河之]

中灘歲久壩淤益高可耕作耳遇大漲則仍汪洋彌望也

淮水又東黑河水合東泥河水出湯漁湖北來注之又東北入懷遠境龍王溝水自南入之水出舜耕山

黑濠河源出鳳臺縣西北境尚塘集東北七里之老龍岩又名老塘東南流左會大溝水又東至龍王廟臺右引一支南行為港溝又東至劉家樓南又東至三岔嵩左會鴨子溝水過三岔嵩平石橋折而南至小中孤堆東折而東又引一枝南行為小黃河入濕泥河穿雞溝湖會於西肥黑濠河又東至高顧庵北又東至米家集北又東北至王家橋又東過蒙城之大興集北又東行三十里至蒙城之古路岡北之古渡橋此處

蒙鳳兩境犬牙相錯又東南至李興集北折而東過十板橋又東南過張家橋又東南過李家橋又東南過雙龍橋又東南至韋家莊北為鳳臺懷遠界又東南過袁家橋又東南過谷家橋又東南至黃家橋又東南過耿家橋又東南過武家橋又東南過臧家橋又東南過王家橋又東南至三义秀水溝水來會之又東南至大馬岡橋折而東至魏家壩折而西南至劉家嵩東南亦名楚家河會於東泥河自韋家莊以下北岸俱屬懷遠凡行一百一十餘里自陳家集以上皆溝渠細流至劉家嵩始寬深通舟船

東泥河即淠河源自鳳臺縣西北境王家集東北之崔家土橋下東西分水西行為界溝逕高顧庵李家莊會於小黃河東北行

爲東泥河逕崔家莊北至界溝集北過青磚橋又東過孫家橋又東過劉家上橋橋西左照喬溝自北而來穿河而南折而東南過劉家橋又東南過董白橋又東南過徐家橋又東南過趙家橋又東南左會張橋大溝水溝自陳家樓之陳家營子南流十七里入東泥河又東過夏家橋又東南過馬家橋折而東左會楊家瓦溝水溝自潘家店北三里王家莊南屈曲東南流過楊家莊又東南過橋溝西又折而西南流入東泥河長三十里又東過楊家橋又東行盤曲三里過劉氏橋折而北又折而東過新塘橋又東左會謝家大瓦溝水溝長二十二里又東左會李家小瓦溝溝自蔡家店南流七里至李建橋又南穿穆陽湖坊四里入東泥河又盤曲東行過李家橋折而東南至小戴家橋橋西距劉隆集一里又會三官溝水溝自田家集東北行八里過三官橋又東北行二里入東泥河過橋折而東行過大戴家橋又盤曲東行過王氏橋又盤曲東行過葛家橋橋南距葛家莊一里又盤曲東行右會張村溝水溝自聶家廟坊之古溝集東南流六里過李家橋又東北流二里入東泥河又東過周家橋又東過趙修橋又東至劉家鴜左受黑濠河水折而東南穿老君塘又東南至七步鴜鴜舊闊七步故名今闊一里矣入懷遠境湯魚湖即水經注之湄湖穿湖東行十四里至尹家溝折而南行一里注於淮

淮水又東[illegible]澗水自南入之水出舜耕山

淮水又東北洛河水自南來注之

洛河有二源一自盧州府合肥縣流入一出定遠縣西境之

莫邪山今菁羊山韭山皆古之莫邪山西南流十餘里至清洛澗在定遠縣西八十里山之南麓有珍珠泉許家泉及陰陵城西之楚泉漢泉皆西南流十餘里合而名清洛澗俗譌爲青龍澗又西南行二十里其流始大折而北行二十餘里至北鑪橋鎮又北流七里入懷遠縣境大磨山水西入之水出定遠大磨山北流經楊亭又西流十餘里至懷遠境之沈家橋迤西南四里過五里橋又西二里入於洛東北流六里至言家嶺北裴家汊即皮家汊水西入之一水自鳳陽之樓子店西南流十里至懷遠境李家小莊又西流經朱能墓後而至裴家汊一水自鳳陽之五店西南流十餘里過何家莊入懷遠境又西南行八里而至裴家汊又懷遠境之王家港窪裏金家鳳陽界之軍王家各有小水流數里而會於朱能墓前又西南流數里入裴家汊自汊西行入洛又北里許高塘澗水東入之水一出許家山一出永豐寺後流五六里而合屈曲東行二十里入洛又北流折而西又折而北過廢西曲陽縣城又西北施家澗水西入之水出馬山口東西兩源西南流十餘里入洛又西北二里涼泉水西入之水出涼泉山中復南流十餘里入洛折而西行一里余家澗水東入之水出眾興集南東行六七里入洛又屈曲西流經館頭嶺折而東南行爲吳將軍嶺洞山水入之水出洞山東南流合郝家溝又西南行數里入洛又折而西北流五里過上窰橋又西北十五里至新城村北入淮水經注淮水右納洛川於西曲陽北水分閻溪北絕橫塘又北逕蕭亭東又北鵲甫溪水入焉按俱定遠境水經注北逕西曲陽故城東北歷秦墟下注謂之洛口按秦墟洛口今懷遠縣境元和郡縣志洛水在定遠西四十里太平寰宇記鍾離縣洛水自定遠縣西白塔堆入界與壽春縣洛水口中流分界屈曲北流八里至所部新城村南十五里入淮大清一統志洛水自廬州府合肥縣界北流經定遠縣西北十里與壽州接界謂之閻閭水又北流至懷遠縣西南七十里入淮又謂之洛澗江南通志清洛澗在定遠縣西八十里晉謝元率諸軍涉洛澗敗秦兵於壽陽即此

盤泉出燕子山西合昇高魏公諸山澗之水西流五里至武店南合次山龍窩泉水西南流至懷遠皮家汊歸上窰河次山北龍窩泉水西北流四里至武店南合靈泉水　大尖山北官山南有牛背泉莩籃泉西南流六里至樓子店南橋下蹲牧山泉水由大磨山小磨山東折而西至次山北又西至樓子店南橋下合牛背泉水西南十里至皮家汊歸上窰河〔懷遠縣志洛河土人謂之窰河以其過上窰也又云洛河瑛在新城口南十五里古時洛水經此鎮入淮今北徙十五里始阻山而入淮也按水經注淮水過梁城逝湄湖而始稱洛川則洛水入淮在今湯魚湖之北與酈氏正合〕　楊亭湖在定遠縣西九十里在槎枒山西水西北流入洛河〔湖沆今平〕

淮之右爲孔冊湖

孔冊湖在懷遠縣西南源出鷹爪山北潑兒泉北流合獨山之官泉及焦山迤東山澗北流爲孔山湖水漲則與淮連

淮水又北行折而東逕馬頭城西〔水經注淮水自莫邪山東北逕馬頭城北魏馬頭郡治也故當塗縣之故城按在今懷遠縣西南〕又西北隔溝水東注之

隔溝水自毛塘集柴家溝會平原水東流二十餘里入淮

又北芡河東注之〔水經注淮水又北沙水注之懷遠縣志云沙水即芡河〕

芡河源出亳州東南百里之清游湖今渦陽縣境東南流爲芡河逕花溝集公雞寺至磚橋寺入蒙城縣境逕蒙城縣西之舊城集渦陽縣境又東南至呂望集南過陳摶橋又東南

逕順河集北至棗木橋東北行百餘里入鳳臺縣東北境至萬福集折而南行一里又折而東北行二里右會鯽魚溝水又東行一里過劉家橋又東北行二里餘又折而南行二里餘右會詹家溝水又折而東北三里過萬福橋又東北三里至何家菴南又東入懷遠境殷家集西北又東五里爲劉鋏壩又東過龍王廟又北折而東爲葛嵛又南折而東爲侯家嵛河中渾爲三家窰瀾汗溝自南入之（瀾汗溝俗名頓汗溝一出平阿山西一出平阿山東一出徐家山南北流六七里而合又北過慈鴉廟東經大士橋又東經趙家橋又東合當陵溝水又東北過大古堆西北又北入芡河）又南折而東爲石家嵛又北折而東爲張家嵛又南折而東爲朱家嵛東林溝自北入之又北折而東爲黃家嵛又南折而東爲砂礓壩又逦北復南折而東爲吳家嵛又東三里余家溝自南入之（溝曲二里）又東三里馬前溝自北入之（溝長二里）又東三里折而南爲陸家渡又南一里爲田家嵛官溝合柳溝張家溝水自南入之（官溝自張家溝北流至四古堆合柳溝一自雙廟子一自查家湖流十餘里而合又東北流七里合張家溝爲官溝又北入芡河）折而東過柴岡又東六里經石山北又東六里東南經楊家廟北又東四里經小土山北又東過上橋又東過土山北又東四里過丁橋又東爲龍窩又東三里注於淮（水經注渠水篇沙水又東分爲二水一水東注卽濮水也俗謂之欠水東逕城父縣之故城東南流注也經東南過山桑縣北注山桑故城在渦水北沙水不得逕其北明矣經言過北誤也經東南過龍元縣注沙水逕故城北又東南逕白鹿城北而東注也經又云東南過義城縣西南入於淮注水東流注於淮謂之

沙汭京相璠曰楚東地也按山桑縣今蒙城縣龍亢故城白鹿城義城縣皆在今懷遠境大清一統志沙水在懷遠縣西南十里自潁州府蒙城縣流入經荊山之麓南入淮俗曰沙河亦曰芡河又名黃河左傳昭公二十七年楚令尹子常以舟師及沙汭而還按欠水見水經注乃沙水正流而古志書無及之者蓋沙水分支歧出者多遂致迷謬詳水經注沙自浪蕩渠引流而南至扶溝而歧爲渦至陳縣而歧爲新溝至譙而歧爲章水至陳父而歧爲夏肥水皆隨地異名故其正流之東南注者世遂沿欠之俗目也而酈氏本文亦自爲脱其云沙水逕城父縣枝津出焉俗謂之章水一水東注即濮水也俗謂之欠水所謂一水東注即濮水蓋即今之夏肥而沙水之正流則謂之欠水耳俗謂之欠水五字移屬東南逕山桑縣北之下乃合

又北至老河口折而東北天河南注之天河即古之濠水出鳳陽縣離山西之雙尖山猴尖山謂之大澗按離山又作利山又作歷山明袁文新鳳陽新書云莫邪山與離山相連總謂之離山北流至劉府北入懷遠縣境西北流過野馬岡西又西北至胡家橋西偏屬鳳陽十里溝三澗二澗之水滙流入之水皆出鳳陽稍西過黃泥灘溝長二十里鳳陽與懷遠以溝爲界又西過王家橋又東過童家橋北歧爲九里塘又西金家澗水入之即九龍橋水出鳳陽風字山北流入懷遠縣境過澗溝又西北流十里入天河又西過康家橋又西龍王壩水入之龍王壩者昔人以堨上窰山北面諸澗泉使西趨郭陂塘所聚水源頗多一爲盤塘水亦出鳳陽風字山西北流至吳家莊入懷遠境又北過紅石橋東北股引爲盤塘其正流又西北經考城北一爲堯山水出馬山北堯山下有三泉一爲泉源塘水出駝腰山北流十餘里而經考城三水至考城北乃合流西北行數里龍窩水合鐙盞窩水入之龍窩水出黃山合諸澗水鐙盞窩水出蔣家山北又西北過蘇王橋劉家橋

年家橋珍珠橋入石塘灌浸塘而輸於郭陂塘龍王壩既開郭諸水皆直趨天河自壩北流十五里過李王壩豬爲蓮花池西泉澗入之水出鳳陽白盤龍集入懷遠境又西北流入蓮花池又西北入天河天河又西北過劉家橋又西北流爲花家套舊時南山諸水既歸郭陂塘其自塘溢出者則自此歸天河也西北過馮家嵩北又西官溝水入之水出石門山南韓家窪又西北過禹村岡北又西宗家窪水入之又西北六里過天河橋石婆婆窪水入之水皆出塗山南麓又西北入於淮水經淮水東過當塗縣北又東北濠水注之酈道元注云水出莫邪山東北之谿谿水西北引瀆逕禹墟北又西流注於淮按當塗縣在今鳳陽縣馬頭城太平寰宇記引淮南記濠水流合千金塘源出縣西莫邪山按千金塘即今郭陂塘元和郡縣志鍾離縣西濠水出縣西莫邪山北入淮元豐九域志鍾離縣有濠水天下名勝志懷遠縣入淮之水自渦而亦有天河洛河等凡十二所大清一統志濠水出鳳陽縣南利山西北流經懷遠縣南塗山之麓北入淮即北濠水俗曰天河舊懷遠志天河在縣南五里

三珠澗一名撒珠澗在懷遠縣南五里流入天河貢震鳳陽縣志官溝水在離山東北十里至懷遠入和集南由天河入淮此溝常涸十里橋水源出離山西北行十里過河塘草塘而入橋下其北又有草橋湖水南來合流西北六里至黃家廟合二澗三澗水五里至禱格寺合清洛澗又西四里過懷遠胡家橋合遺碑澗水又西北十餘里歸天河清洛澗水東源出雙尖山西源出猴尖山東流會於耿家冲東北逕連山東至劉府東大橋折而西西北合二澗三澗水西至懷

達胡家橋歸天河二澗三澗在清洛澗東北　九龍橋水源出鳳陽風字山東東北流六里至波羅山南又五里至小塔寺東又三里至九龍橋又三里入懷遠境會清洛澗水　西泉出西泉山東北平地泉出北流居民引以溉田三里入懷遠境西北至天河入淮其東有西泉橋驪塘水自南來過橋而北三里至蟠龍集入懷遠境亦歸天河　盤塘水發源風字山南西北流三里至北村丁家莊又二里至西泉唐家莊又五里至盤塘塘與懷遠交界水北流入懷遠龍王壩至十二門塘歸天河（懷遠志官溝本澗遺碑澗水今無所見九龍橋水即金家澗水欒泉出洛河山北麓流入灌浸塘）

又北經荆塗二山間塗山西南麓水東注之又北塗山西麓水東注之荆山東澗水西注之又北金家溝水西注之（水經注郡國志平阿縣有當塗山淮出荆山之左當塗之右奔流二山之間而揚濤北注之按揚濤者即荆塗二山水）

塗山西南麓水由老銀鑛南流爲冷水澗又西爲王家小湖折而北入淮　塗山西麓水由佟妃墓兩道分下滙下洪入淮　荆山東澗水滙荆山東麓之水經白龜泉大聖橋入淮　荆山東北諸澗水經東岳官碧溪橋寒水橋至金家溝荆山北諸澗水一由太和菴一由駱駝嶺至敎場合流過石橋廟梁橋青龍橋至金家溝入淮（水舊分兩道一由石橋入金家溝一由玉帶橋含龍洞入渦河後以形家言將玉帶橋填塞水盡出金家溝矣）

折而東渦河自北來注之

渦河自蒙城縣之雙澗集（古渦陽城）南行十七里至宜村集又東行四里入懷遠縣境陳家溝自南入之（溝長二里溝西皆蒙城境）又東行二里許家溝自南入之（溝長二里）又東二里新溝自南入之（溝長二里）界溝自北入之（溝長五里北通沙河溝西皆蒙城境）又東三里朱家溝自北入之又東一里鈕家溝自南入之又東三里干溝自北入之又東二里湯家大溝自北入之孟家溝自南入之又東二里新溝自北入之高家溝自南入之又東過龍亢集南又東三里楊家溝自南入之又東二里黃家溝自北入之又東一里江家溝自南入之又東四里帖家溝自北入之又東一里王家

溝自東北入之王家溝東一里折而南行六里褚家溝自西南入之又東南二里陳家溝自東北入之又東南三里施家溝自東北入之又東南六里朱家溝自西南入之又東三里毛家溝自南入之又二里過何家溜又東北一里褚家溝自北入之又東五里東毛家溝自南入之又東南行過傅家灘又東北行二里禿尾溝自北入之又東一里宮家溝自北入之又東一里巨家溝自北入之又二里甯家溝自北入之又東南八里羅家溝自西南入之又東一里張家溝入之又東北五里湯家溝自東北入之又東三里過龍窩集南又東一里張家溝自北入之又東二里吳家溝自南入之又東南五

里過沙溝南古溝今淤平又東南至老河灣又東十里溝自南入之又北二里至陳家莊渡又北三里瓦子岡渡口又東五里至紅廟又折而南五里過張家背又南蕭家溝自西南入之又東一里過鼂山北又東五里過小街橋口南即鳴鳳橋舊址又東黃家溝自北入之又東為岫河口入淮漢書地理志扶溝渦水東至向入淮按向今懷遠縣地 水經注陰溝水篇過水又東逕下城父北又東南屈逕郎山南又東南逕過陽城北臨側過水魏太和中為州治又東南逕龍亢縣故城南又屈而南流出石梁梁石崩褫夾岸積石高二丈水歷其間又東南流逕荊山而東流注也按下城父郎山皆蒙城縣境過陽城今蒙城之雙澗集距縣界西二十五里龍亢今懷遠西北七十五里 元和郡縣志蘄縣渦水東去縣一百里按蘄縣今宿州南 天下名勝志懷遠縣渦河在縣北一里發源自葛河口由鹿邑西來至亳州界黃河從西北來注之至亳城北與馬尚河合經蒙城流至懷遠縣東入淮謂之渦口 大清一統志渦水俗名渦河在懷遠縣北一里自潁州府蒙城縣流入又東入淮謂之渦口漢書地理志扶溝縣渦水東至向入淮唐李吉甫云濠有渦口之險即此五代時為控扼之地 讀史方輿紀要懷遠縣渦水在縣東北一里班固曰淮陽國扶溝縣有渦水首受狼湯渠東至向入淮過郡三行千里水經陰溝水出河南陽武縣蒗蕩渠東南至沛為過水過水東經譙郡又東南至下邳睢陵縣入淮是渦水為汴河之支流也廣志今渦河自歸德府鹿邑縣境流入亳州界黃河從西北來注之經亳州北與馬尚河合東南流經蒙城縣入懷遠縣界至縣東入淮謂之渦口今黃河橫決渦上源幾不可問矣漢建安十四年曹公至譙引水軍自渦入淮出肥水軍合肥開芍陂屯田曹丕黃初五年以舟師自譙循渦入淮吳孫皓建衡二年遣丁奉入渦口齊建武末裴叔業攻魏渦陽不克還保渦口宋紹興三十一年金亮南侵亦自渦口渡淮國朝建文四年燕王南下駐于渦口渦口蓋淮南要害之地也 懷遠縣治蕭家溝在縣西六里流入渦河金溝在縣西六十里入渦河黃家溝在縣北三里馬頭集東南流入渦河塌河在縣西十五里入渦河龍潭在渦河中取水禱雨多應 懷遠縣志河渦以河勢曲折水旋成渦故名宋高宗建炎十年六月留守劉錡赴東京駐兵渦口方食忽大風拔坐帳錡曰此賊兆也主

暴兵郎下令兼程而進遂大敗金兀朮於順昌明崇正壬午秋闖賊決黃河以灌開封水勢洶湧由汴歷亳蒙從渦口入淮而渦之兩岸及民田廬盡傾圮者無算

圓湖在懷遠縣西入渦河

淮水又東化陂湖出席家溝自南注之

淮水又東至蚌埠入鳳陽縣境南岸屬鳳陽北岸屬靈璧龍子河水自南來注之右長淮衛

龍子河發源於鳳陽南山至徐家橋北滙化陂湖湖廣八十餘頃常涸爲居民墾種僅存三之一過橋九里至曹山西林家壩入馬村溝又西北三里入淮鳳陽新書謂龍子河經長淮衛入淮按河身東西地窊淮水灌直至徐家橋一望汪洋或有溢入長淮衛者非其入淮之故道

又東納石燕湖水

石燕湖在鳳陽白石山北黃泥山西曹山東相去各三四里山水滙爲湖湖東北有溝七里至長淮衛內立空橋水大從橋下溢入方邱湖水小則順大路溝北至衛西李家溝入淮鳳陽縣志陡澗受魯山北雨水北流過陡澗橋西北至白石山西歸石燕湖

又東至沫河口北肥河自北來注之

北肥河自蒙城之烏家集南古堠城東流至小瓦埠集東入懷遠縣境又東過楊家莊南馬家溝入之又東過陳家集南南岸陶家莊宿州境顧家溝入之溝東即宿州地又東南過歐家莊北盧家莊南河中爲老橋口兩岸皆懷遠境項家溝入之東南過褚家集北懷遠境界相錯又東

南二里爲馬蹄灣又東六里過張家淺朱家溝自北入之又南一里過李陵店南龍窩溝自南入之（卽謝家溝）又東南一里爲魏家渡沖田溝自南入之又東五里爲邱家渡又東二里爲烏雲寺寺在水之中渾陳家溝自東北入之折而南六里過劉家莊東又南折而東爲韓家渡又東爲張家渡又東爲龍王灘亦中渾何家溝自南入之又東過高家渡又東過董家閘北無量溝自北入之又東四里至中南海亦在水之中央又東一里唐灣溝自北入之又東南一里宋家溝（卽丁家岔）自南入之又東三里過劉家嘴北又東北二里丁家溝自北入之又東南四里過三官廟北河中爲錢家灘又東北六里過李家嘴西東北爲謝家墩亦在河中小石澗合大石澗溝自北入之又東一里折而南行十里爲十里長灣又東二里過趙家嘴南又東二里爲羅家河過迎水寺團城北又東北三里邪溝水自北入之又東二里過古城南又東二里爲楊家河沙溝水自北入之（沙溝在懷遠縣西北十五里入渦河北窪又入北肥河）又東二里爲四方湖周圍約三十餘里卽河正身石羊溝自北入之（石羊溝在懷遠縣北四十里入北肥河）又東南二里香家溝自西南入之又東北四里至蘇家集橋又東六里爲曹家河亦有大橋又東三里歧爲袁家溝（東北分流入清溝）又東二里過胡家口集北大橋又東三里過楊家壩西北又東南六里過梅家橋又東五里過劉家橋

又五里至胡家灘交靈壁界又東爲大三义河又南二里折而東十里過八達集又東南至甘家橋又南至王莊南入鳳陽縣境又東十五里至釣魚臺下姚家橋又二十里至沫河口入淮水經注陰溝水篇北肥水出山桑縣西北澤藪東南流左右翼佩數源異出同歸蓋微脈涓注耳東南流逕山桑邑南又東逕山桑縣故城南北肥水又東積而爲陂謂之瑕陂陂水又東南逕瑕城南北肥水又東南逕向縣故城南又東南逕義城南世謂之褚城非也又東入于過按山桑蒙城縣境瑕城今蒙城之烏家集　大清一統志北肥水源出宿州西南龍山與潁州府蒙城縣接界處東南流逕懷遠縣北十里入於淮按水經注北肥水本入渦今水自入淮其流已變遷　讀史方輿紀要肥河在懷遠縣東北二十里源出宿州龍山湖東南流逕懷遠之雙墩村入淮　水道提綱肥河自宿州西境兩渠會東南流二百六十餘里入淮張鵬翮治河書肥河源出宿州龍山湖東流至懷遠縣之正義村滙爲巨浸東入於淮舊志云宿州南與懷遠縣接界懷遠南與壽州接界則肥水當經由於三州之間而其源不始於宿州也按舊志最誤合三肥水爲一故有此謬解　鳳陽縣志肥河至沫河口入淮處每年夏秋水漲與淮水通爲一臨淮以西五鋪以東南低山根北淹驛路

四方湖在懷遠縣東北即北肥河正身

抄河源出蒙城縣之雙鎖山山在蒙城縣西二十里在渦河之北五里東行三十里過小石山即水經注之郎山在蒙城縣東北五里抄河逕其南東南行三十里至魏家窪又東南行八里至宜城窪又東南行八里至界溝而入懷遠縣境又東三里南岐爲朱家溝又東二里爲黃家窪又東三里東北受莫家湖水南岐爲湯家溝又東二里北分許家湖水南岐爲新溝又東三里過柴王城北叢林寺南又東過西大橋以上皆淺涸至此始有水又東一里過東家橋又東二里過蕭

家橋又東北五里合何家溝入北肥河懷遠縣志云抄河於古地志無攷舊縣志亦不載長幾百里通水者纔十許里耳然河形具存故詳錄之以備疏濬之宜

清溝河上通宿州龍山湖其跡不可尋至懷遠縣北呂家湖溝形始見東流三里會無量溝又東一里至年家橋北受十湖諸水入清溝又東八里會唐溝又東一里穿小石澗又東八里穿大石澗又東南七里至包家集南朱家大橋又一里會邪溝又東三里金家溝南入之又六里穿石羊溝至潘家橋又五里至鈕家橋又東南五里至張八營老橋會天璵臨溝水又東南一里至新橋又南一里至舊橋又東南十里至石橋大溝自北入之溝北通蘆溝水始大又東三里蒲家溝自北入之水亦北通蘆溝又東二里沈家溝自北入之溝長四里又東爲許家橋袁家溝分肥水東北迤邐行七里入之又東黃太溝會大淌溝自北入之水亦北通蘆溝又東七里至周家口又東二里汪家溝自北入之又東五里爲曹洛河又界溝自北入之溝會小蘆溝及靈璧淤溝之水折而北至三汊口入北肥河

蘆溝自火星廟集北三里分天堰溝之水而東流七里歧爲大溝南入清溝河又東三里南歧爲蓼子溝入清溝河北歧爲柳家溝入解河又東九里南歧爲大清溝入清溝河北歧爲界溝入解河界溝懷遠靈璧分界處又東五里南歧爲黃木溝入清溝河又東五里南歧爲汪家溝入清溝河又東入靈璧界

又二十餘里入解河

右納方邱湖水又東至鳳陽縣城北十里程

方邱湖在鳳陽縣東北二十里水漲亦通石燕湖鳳陽縣志馬鞍山後雨水由高橋入方邱湖流至玉帶河東過十里程三孔橋又東過世子墳湯府至淮甯橋北合濠水尾閘入淮又云冬春水落玉帶河形可見夏秋水漲方邱湖西連長淮衛東抵臨淮故城汪洋一片玉帶亦在巨浸之中

又東至臨淮關東濠水自西南來注之

東濠水源出鳳陽縣南鍾乳山（又名濠塘山）東北流至王二橋白雲山西泉水自定遠沙澗西北流十五里入之禪窟寺玉蟠泉水自銅鼓山（又名銅骨山）西北流八里入之（銅鼓山西有南北二泉南泉出半山中北泉出平地有池方丈許水出甚盛並北流合玉蟠泉）觀音菴山門外森泉北流三里合虎頭山八卦嶺三家山諸水東南流十里至張家山折而東北五里合王二橋大澗水濠水又東北青山朱石泉水自小澗來入之靈山東泉水由盆兒口行三十里至揷澗口入之又北六里至殷家澗西又北十五里至梁家岡西又北五里至上方橋會西濠水又東北五里至李昇橋又東北十里至大通橋晏塘水自黃金橋東來入之又北五里至獨山東金水河合鳳陽城河水自新橋來入之又東北十五里至臨淮城西東由廣運橋西由淮甯橋合玉帶河水入淮（水經注水又東

逕鍾離縣北酈道元注濠水出陰陵縣之陽亭北濠水東北流逕其縣西又屈而南東逕其城南又北歷其城東逕小城而北流注於淮按鍾離今鳳陽府東北陰陵縣在今定遠縣西北六十五里元和郡縣志鍾離縣有東濠水

月明湖在臨淮城東南半里受城南岡阜之水與城河僅隔一隄淮水漫溢湖河相連秋冬水落湖形可辨 上壩湖在臨淮城聞賢門外與城河亦隔一隄淮漲相連與月明湖同

又東至小溪右納花園湖水

花園湖在臨淮城東北周迴百餘里四面港汊甚多饒魚蝦之利臨淮境內之水俱歸此湖從小溪入淮 花園湖水有三源白雲山南之水由定遠破山口東至蕭家巷南燕壩出湫北流入鳳陽境六里至紅心赤闌橋曰紅心大澗東北入

里至龍窩鄧家莊西又八里倒橋合乳山西來之水又西四里至燃燈寺西合張家鋪北來之水又九里至千層石合東秦村東來之水又七里入小溪河又八里至溪河集大橋又北二十里至花園湖 白雲山東之水東流過定遠境入張家鋪大橋橋西有平岡直接白雲山水由岡北而東過張家橋東北五里至香花橋又東北十五里至燃燈寺西合紅心大澗 白雲山北之水由湛澗東北流八里至劉佛塘出湫又東北五里至黃泥鋪北之三里橋又東北合鹿塘水至花園湖

淮水又東逕五河縣西澮河自西北來注之

澮河源出河南永城縣馬長湖東南流入宿州境至臨渙集抱水自西北來注之又逕宿州城南運糧溝水北入之澮河又南岐流爲雙龍溝入澥河自澥河南岐又入北肥河澮河又東入靈璧縣境至固鎮蘇陳溝水自北入之又東陡溝水入之澮河又東南貝溝水自北入之又南流至新馬橋澥河合蘆溝水自西南來入之珍珠溝水自北入之澮河又東過九灣集澮流曲折有九灣通溝水入之蔡家湖溝自北入之澮河又東南入沱湖逕五河縣西入淮水經注渙水又東南逕蘄縣故城南又東逕穀陽縣又會八丈故瀆又東逕穀陽戍南又東南逕穀陽故城東北右與澥水會又東南逕白石戍南逕虹城南洨水注之元和郡縣志渙水自臨渙縣界流入宿州州南境至五河縣西北入於淮　續文獻通考澮河歷宿　按繪水又作繢繢水又作澮

水又作渙水魏書地形志又作濊水

抱水出亳州舒安湖流入宿州境東逕嵇山北逕舊臨渙城會于澮河水經注渙水又東苞水注之按苞水今作抱水

解河源出宿州仁義鄉東流至年家樓入懷遠縣界又東流十八里至宿州方家店南合石澗溝又曲折東流十里過宿州瓦疃集南又東南流五里北大溝自南入之又東十餘里過懷遠北之高莊集北又東八里過懷遠北之大興集北長八郎溝自北入之又東五里過宿州安家集南又東南四里南合大堰溝過何家集北又東南十里柳家溝自南入之又東五里過宋家店北北界溝自南入之又東過周家渡入靈璧

境東南至仁和集蘆溝水自南入之又東至新馬橋東入澮河貢震河渠原委曰解河从淤夏秋雨集水面寬二三里至新馬橋滙爲巨浸風濤相激舟渡甚險蓋解水入澮漲則解不能消若冬春間固可褰裳而涉耳

蘄水自河南永城縣流入宿州東逕靈璧縣入泗州界注于澮河入淮水經注淮水又東蘄水注之酈道元注水首受睢水於穀孰城東北東逕建城縣故城北淮水又東南逕蘄縣其下則洨水出焉

洨水在靈璧縣東南今竝入澮河水經注洨水首受蘄水于蘄縣經穀陽縣又東南經洨縣故城北又東南入渙水漢書應劭注洨縣洨水所出南流入淮按應劭注不言入澮睢者省文也　貢震盡疑河渠志云今靈璧南鄉無所謂洨水者按水經注究其原委乃知古之洨即今之澮也

北沱河又名小草溝在靈璧汴隄南二十里乾隆二十三年新開

上承大路溝及柯家湖水東流入泗州境至草溝集合南沱河南沱河源出宿州紫蘆湖又作子路湖宣洩汴隄以南平原之水東流入靈璧境葉家湖水出小龍溝自北入之又東南至沱河集李家溝水自北入之又東流柯家湖水出姚家溝自北入之又東至葛家溝歧流南入貝溝又南入北直溝通澮溝沱河又過葛家溝口東至沙礓壩橋又東至濠城集入泗州注於沱湖又南入澮河逕五河縣西入淮安徽通志沱水或謂即古洨水宿州志乾隆二十三年濬深今淤塞如平地至靈璧沱河集始見河形屢議修治便于靈璧未果

淮水又東逕五河縣東潼河自北來注之

潼河出靈璧縣潼山之麓北受睢水又接三汊河三汊河者

古城以東之黃河溝謝家樓以東之運料河房村以東之涵洞河合流於練灘者也土人因地指目名偁互異或偁爲三汊河或偁爲運料河南至琊影山又偁爲影山河東至申村寺又偁爲申村河申村而下東至大龍灣合魚溝之水南入孟山湖土人又偁爲小河其實祗此一河也古潼水東流入淮今南流半入睢河多淤淺水經注淮水又東至巉石山潼水注之水首受潼縣西南潼陂又東南流逕臨潼戍西又東南至巉石西南入淮按今潼水下流多淤阻與古時異

淮水又東至盱眙縣界定遠池河水自西南來注之

池河有二源一出定遠喜羊山東南流十里馬長澗在縣西二十五里水左入之又東十餘里逕定遠縣城南嚴澗水入之一出三山諸泉水東南流十里爲石塘湖又數里逕定遠城東又東南流十六里台嚴澗水又東南二十里王家橋水右入之又東八里至大橋傍有湫在定遠縣東南五十里折而北左會水澇湖在定遠縣東四十里藕塘水自南來入之又北流十五里過池河鎮許家河水右入之又東北十里山溝水左入之又東至三河集塔子山南泉水入之又東北二十里入盱眙縣境逕浮山東入淮水經注淮水又東池水注之酈道元注水出東城縣東北流逕東城縣故城南漢以數千騎追項羽羽帥二十八騎到東城因四隤出斬將而去即此處也池水又東北流歷二山間東北入于淮謂之池口

淮水又東北過泗州會洪澤湖睢河自西北來注之

睢河自河南永城縣東南流入宿州境至睢溪口西流河水

入之又東至黃疃閘與南股河交又北至彭溝閘與北股河交又東至沙溝閘與南股河交又東北至桃溝閘與北股河交又東至唐溝閘與南股河交又東至栢山閘與北股河交又東入靈璧境至尹家渡汴隄南至尹家渡五十里又東南被楊疃湖與南股河合又東入陵子湖歧流入土山湖至禪堂集楊家窪溝水入之又歧流南通斜溝又南滙石湖水東至老鸛脖入泗州境又睢河正流東入陵子湖與北股河合又東過孟山湖崔家湖入泗州境分流一由烏鴉嶺入安河歸洪澤湖一由謝家溝會汴河歸洪澤湖漢書地理志陳留郡浚儀縣下云睢水首受狼湯渠東至取慮入泗　水經注睢水出陳留縣西蒗蕩渠東流至下相縣故城南又東南入泗謂之睢口按下相故城在宿遷縣　河南通志開封府下云睢水在陳留縣東北四十里東流經杞睢甯陵達於徐又歸德府下云睢水夏邑縣南二里經永城縣合沙白二水達於宿州按沙水即蔡河源出蒗蕩渠雅河上源亦名白河今二河已淤鄭元慶小谷口薈蕞云歸德府商邱縣南有古睢水自甯陵縣流入東入夏邑界今湮其曰穀水者即睢水也　江南通志云睢水東出者曰穀水南出者曰蘄水　舊鳳陽府志睢水在宿州北二十里源出河南夏邑縣白河經宿州境東流至清河縣會泗入淮頁霞云按府志修於康熙二十三年曰源出夏邑紀其近也彼時小河口已塞睢水過歸仁集入淮故曰至清河縣但不應仍言會泗耳　宿州志引安徽巡撫高晉疏云查睢河自徐溪口至符離集七十餘里沙淤平岸河形全失自符離集至霸王城一百數十里俱間段淤塞豫宿諸水及宿境山水散流漫衍遂於睢溪口南北分爲二股皆入靈璧五河兩路所衝皆有河形臣等公同酌議擬就兩旁衝出河形挑浚成河其上段中央正河並加開濬深通三河並行以中股接洪河減洩之水以南股接豫省永夏諸水以北股接下江蕭碭諸水均順其自然之勢毫無矯强使分途下暢不致進爲巨津仍於宣洩之道甚爲利便擬於三河相連之處於南北兩閘頭各建石閘一座遇黃水下注之時則盡閉二閘俾以刷黃淤如此則

（淸黄均有所受可減後此淤勢之患於睢河更爲有益宿州志乾隆二十三年濬工毛城鋪至睢溪口工長三千一百四丈寬十丈至十七丈不等自睢溪口開工經符離至桃溝工長二萬五十二丈寬十丈至十七丈不等桃溝下至靈璧境霸王城工長三百二十六丈寬五丈至十二丈不等又云睢河正身與南北二股河分流由靈璧三汊河滙歸洪澤湖後又淤塞乾隆五十四年様濬睢河正身工長一萬八千七百餘丈）

北股河在睢河北本受江蘇銅蕭碭三縣山水康熙二十三年於許州王家山十八里屯二處就山根開鑿減水河建石閘三分殺黃漲各疏引河經行此處遂成河形復漸淤塞漫衍乾隆二十三年又與睢河正身及南股河並濬因名北股河嘉慶道光間屢次疏濬並於西岸南岸築堰保衛水由土型湖入宿州境南至艾山西東南行經史家山東至彭溝閘

分流與睢水交正流東經靈鷲寺至桃溝閘與睢水交又東入靈璧境合拖尾河（是處北股河即水經注之八丈瀆）入陵子湖　西流河自艾山西分流八九里由西流閘入睢河（即北股河之支流）

南股河在睢河南宣洩河南永城夏邑諸水自翟家橋東經丁家橋至沙溝閘分流與睢水交正流經驛路九孔橋至唐溝閘與睢水交又東入靈璧境唐溝水自西北入之又東北李宿溝自北入之又東入楊疃湖與睢水合又分流東過土山湖南流為斜溝入石湖石湖又南通岳河至沱湖逕五河縣東入淮（道光元年挑濬砂礓河南股河自永城宿州交界梁家壩起至宿州靈璧界觀音堂止間段工長一萬二千七百八十五丈計長一百七十里）砂礓河上承永城巴溝河下注宿州睢

河即南河上流　沙溝河在宿州睢河南即南股河中段

奎河在北股河北源出銅山石狗湖逕蕭縣入宿州境東南流至夏家橋合甾河歐河水又東南至時村橋合北股河水由柏山閘入睢河奎河長七百七十丈

甾河又作淄河在北股河北自蕭縣入宿州境上承望州湖水東南河合歐河又分流南行經任家壑為十字河合北股河水又合歐河東流袁家凹水自北入之又東合奎河又東南至時村橋十字河北股河水仍合之又東南由柏山閘入睢河

歐河在北股河北宣洩固臺閔里辛豐積水東南流右合蘆花陂鎮頭寺泉水黃殿胡北湖水自西來入之又東流合甾河奎河由柏山閘入睢河

沫溝湖在靈璧縣北七十里相傳晉宋間地陷為湖每春夏晦冥水上有城屋之狀南流入睢河　青冢湖受蕭宿諸山之水湖周廻八十餘里蕭靈各半分界由拖尾河東南流入睢河　拖尾河靈璧北鄉極窪之地淤塞多年河形幾失若遇暴雨岡原之水四面俱來匯為巨浸其又甚則北受黃涯溝南來之水西受支河東來之水南受睢河北來之水三村固賢楊疃等里平地深五六尺三冬不涸蓋其地處五湖上游形如釜底是以渰沒居先消退獨後既無魚利又不獲稼穡人民逃散土地荒蕪北鄉水患莫此為甚

五丈溝起自宿境余家窪東至靈璧三村寺後又東至渡口張家莊又東至尹家樓又東至王家井入拖尾河　楊疃湖陵子湖土山湖孟山湖崔家湖名五湖其實通連只是一湖今陵子孟山皆淤平為靈璧最下之地明萬歷間睢河下流淤塞睢水一入靈境漫衍於此經年不涸北鄉所以有洸溺之患　漁溝在靈璧縣北七十里宣洩沫溝湖水南入睢河

京渠章渠杜渠名三渠並在靈璧陳疃里眾山之中山水下注京渠在九頂山西北西繞丁公山而南約五里許則為章渠又南三里許則為杜渠杜渠之南為申家橋界渠水又過申家橋而南東至馬山前又東南過魏家橋入孟山湖按三渠勢阻前時屢經疏濬光緒己亥以工代賑又挑濬四十里

石湖在靈璧縣東北十五里三注山下湖西面有溝西北入水東南出水　斜溝在石湖之北起自孟山湖南涯蔣家廟南至倒橋劉家莊又南至張家集又南至楊家廟又南至石湖　楊家窪溝在石湖之西由潘家集北老橋口起東南至郭家橋又東南至新河西口又東南至新河東口入石湖

老鶴脖溝在石湖之東洩石湖之水橫截長直溝東入虹境

范家溝在石湖之南洩石湖之水南過吳公橋入岳家河下通虹境草溝以上石湖四溝　土山溝在靈璧縣北三十里源出注湖北流入小河注湖在靈璧縣北十五里即丁家汪一帶窪地又北至潘家集過楊

家窪又北至禪堂集過土山湖入睢河即睢河入慶子湖處　鳳河北接土山溝西繞鳳皇山東入靈璧縣城濠

麻湖受宿州八丈溝蓮花池諸水東流至靈璧縣境陸家溝自南入之又東北至劉家莊又東北過閆家橋至楊疃集北入楊疃溝　楊疃溝起自穆家湖北涯之冉家橋北至楊疃集會陸家溝東來之水東北至沈家莊會崔家溝北來之水東北至郭家莊又東北至胡家宅入睢河沈家莊又分汊從邱家莊至許家閘亦入睢河溝長三十餘里　崔家溝起自十里店北五孔橋北至任家廟又北至郭家橋又北至崔家莊又北至黃家橋又西北至沈家門前入楊疃溝溝長二十餘里洩

五龍山北湖地之水入睢河　秤池溝源自汴隄余家墩北起首北至元家湖又北至陳申家莊又東北至楊家莊又東至解家橋又東至湖家莊入穆家湖長不足二十里以洩界溝鋪東北湖窪之水由穆家湖通楊疃溝入睢河　斗溝發源於宿州楊家湖至固疃里梁家莊之西入靈璧境東至楊家集又東至韋疃里李家莊又東至楊疃里張家莊又東北至土一里胡家宅會楊疃溝北入睢河　塘溝源出宿州燕子口分睢河之水東南至三村里之王家莊入靈璧縣境又東至吳家莊又東至劉家莊又東至孫家莊又東至楊家集入斗溝

汴水在睢水之南故附叙睢水後自河南歸德府永城縣流入經宿州城北汴水淤塞已久横亘宿州南北之中今汴隄即是又謂之隋隄隋開通濟渠始導汴入淮今河淤爲平陸故隄存焉又東南入靈璧界逕其城南汴渠之在靈璧者西自宿州界宿靈菴東至虹縣界隄南虞姬墓隄北長直溝集亦横亘靈璧境南北之中又東南逕虹縣南又東入泗州會睢水歸洪澤湖元和郡縣志符離縣南臨汴河有埇橋爲舳艫之會宋史河渠志唐開元末汴州刺史齊澣以漕運經淮水波濤有沈損遂浚廣濟渠下流自泗州虹縣至楚州淮陰縣北十八里合於淮既而水流迅急行旅艱險遂停廢貢震河渠原委云汴渠原委最不可曉胡朏明所謂支津交絡名偁互見使人目眩心搖者也舉其大要則史記河渠書言滎陽下引河東南爲鴻溝以通宋鄭陳蔡曹衛與濟汝淮泗會一句是其主腦其後有偁狼湯渠者有偁官渡水者有偁石門渠者有偁浚儀渠者有偁郲偁汳偁汴渠有偁灘水者有偁沙水者有偁通濟渠廣濟渠者同源於出河之濟而隨地異名糾紛難辨

黃河黃河在靈璧縣境睢河之北亦附叙睢河後在靈璧縣北一百二十里自徐州府流入又東南入睢甯縣界若黃水溢入睢河亦歸洪澤湖貢震靈璧志略云黃河在靈璧境才二十二里按黃河北徙今淤爲平陸

淮水又東北過洪澤湖逕淮安府清河山陽安東等縣入海

水攷下

凡鳳郡河道通於淮者已悉載前篇如泉池湖陂塘堰溝澗或不盡入淮流爲一方水利攸關别錄於斯湖名重出者互見上篇亦加標幟按安徽通志舊府志缺略殊多茲加詳焉述水攷下篇

鳳陽縣

西泉出西泉山北平地泉出北流居民引以灌田

花園湖互見上篇在廢臨淮城東北周迴百餘里

月明湖上壩湖見上篇

蘆塘在黃泥山東埠長三百六十餘丈溉田三千餘畝

抱山塘在白石山北其埠如半月向南故名縣志云受南白石山雨水溉田三百五十餘畝

官塘在白石山縣志云受東白石山雨水西溉田五百餘畝

黃水塘在徐家橋西南縣志云受神山南一帶山原之水埠長五里灌田千餘畝

何塘在棗林鋪南縣志云受離山以北山原之水埂長一百二十丈今已壞不能蓄水

曹家塘在何塘西北溉田二百餘畝縣志云以上四塘皆乾隆四年壽州修築

九里塘在黃水塘東北縣志云受神山東西雨水埠長三里溉田千餘畝

灣塘在明廢陵東南溉田二千畝縣志云受陵墻內南出之水

楊村塘卽楡塘在大通橋周圍六里溉田三百餘畝縣志云東受瞿相山雨水

獐子塘在盤塘南接懷遠境縣志云受東北諸小山雨水

獾塘在獾山西埂長約三里東接獾山西接西泉山縣志云受南面眾山雨水

鹿塘在總鋪山西縣志云受西南帶山岡平原之水一埂長十餘里水小從東北二涵洞宣洩水大從東南大石橋門漫溢而下縣志云埂東北有涵洞二東南有大石橋一溉田萬餘畝縣志云順治六年塘壞乾隆四年請帑修築按鳳陽諸塘雨集易盈旱則易涸惟此塘周圍三十餘里深一二丈風日晴和波紋如縠輕鷗出沒漁艇縱橫夕陽遠山極目無際

濠梁塘在總鋪北受總鋪山水溉田二百餘畝

小石塘在鄉村周迴二里縣志云受趙家岡雨水溉田二百餘畝

黃連塘在鄉村周迴二里縣志云受王家沖雨水溉田一百餘畝

蓮花塘在鄉村周迴六里縣志云受汪家沖雨水溉田三百餘畝

九累塘亦名九里塘在十字路南周迴十二里縣志云受陳家大山雨水溉田五百餘畝縣志云水滿出湫北至黿塘西至殷家澗

劉佛塘在黃泥鋪西周迴六里縣志云受大紅山北雨水由湛澗汪家壩而東入塘出湫至三里橋溉田六百餘畝

東黃泥塘縣志云在黃泥鋪南營房東受東南平地之水西黃泥塘縣志云在營房西受西南平地之水二塘相對夾驛路東南東塘周迴四里溉田五百餘畝西塘周迴三里溉田三百餘畝溉田八百餘畝

盤龍壩在東鄉城西保縣志云周迴二里水自張家鋪大橋下至香花橋入壩溉田八百餘畝

荊條壩在燃鐙寺東北縣志云周迴四里南受梅家山張家山雨水溉田四百餘畝

郝山塘在東鄉城周迴二里縣志云受許家山雨水溉田二百餘畝

石門塘在俞家鎮周迴四里縣志云東受石門山雨水溉田四百餘畝

官塘在東秦村周迴三里縣志云受小尖山雨水溉田七百餘畝

蒲塘在東秦村周迴三里縣志云受蒼柏頂繆家沖雨水溉田二百餘畝

泰塘在東秦村周迴四里縣志云受王家沖雨水溉田五百餘畝

石山塘在東秦村周迴五里縣志云受任家山雨水溉田四百餘畝

成功塘在聞賢鋪周迴四里縣志云受肥山雨水

汙塘在聞賢鋪周迴四里縣志云受成功塘下出湫之水溉田四百餘畝

歲豐塘在聞賢鋪周迴三里縣志云受龍王廟一帶雨水溉田千餘畝

曹塘亦名草塘在衛團寺雪臺山西北周迴八里縣志云東受山水溉田二千餘畝

長安塘亦名長塘在衛團寺雪臺山北縣志云南受山水并曹塘出湫之水溉田二千餘畝

牛角塘在長安塘東北周迴五里縣志云西南受長塘出湫之水溉田一千五百餘畝

柘塘在周梁橋周迴五里縣志云受周家沖鄭家沖雨水溉田五百餘畝

上張塘在棗岡村周迴三里縣志云受丁家沖雨水溉田三百餘畝

下張塘在上張塘下周迴三里縣志云受上張塘滿溢之水溉田八百餘畝

長淮衛隄沫河壩在縣西北光緒二十七年知府馮煦修築以衛民田

懷遠縣

木欒泉亦名莞泉在縣南自洛河山北麓流入灌浸塘分注郭陂塘民獲灌溉之利

郭陂塘在縣南二十里即晉時鎮城舊址改爲塘周四十里縣志云受南山天池珍珠泉果老泉莞泉上下兩盤塘諸水舊設斗門十二亦曰十二門塘道光五年知縣周天爵倡修七年工竣附近荒田四千餘頃悉成腴壤

上盤塘在縣東南五十里與鳳陽分界

下盤塘在縣東南四十里

蓮花池在縣東南四十里

龍王壩在縣東南四十里

泉源塘在考城南馬山下其水四時不涸

天池在中峯頂東可給萬家

珍珠泉出獨山亦名獨山泉

張果老泉在縣南六十里神山南

東蕭家湖西蕭家湖在石塘南

洪塘在縣南三十二里

石塘在縣南三十里

灌浸塘在縣南三十里

孔冊湖見上篇

龍頭壩在縣南七十里大横山之陽洛水之東以障鳳定山水之歸洛者

柳陂塘在龍頭壩北縣志云在大横山南

白龍塘在縣南三十五里蘆沖廟

化陂在縣東三十里

馬場湖在縣東三十五里

新茅塘在茶庵東縣東南十五里

九里塘在縣南周迴二十里

聖泉在塗山西巖

玉液泉在塗山西北麓

蔡城塘在洛河西方懔蔡城塘考畧云虞耕山南北水皆東流歸蔡城塘塘南北袤二十餘里其斗門十二其南十一皆屬壽州惟北一斗門屬懷遠由此斗門而北橫閘一壩壩北一塘曰女環塘其東堤亦與蔡城相連約長數里皆懷遠境也女環塘雖有斗門五座久廢其下皆貧民勢難復修惟王家樓五百餘戶近蔡城塘北斗門得其水利焉乾隆初年壽民有冒本塘鄉保者禀之州云蔡城塘專屬壽州懷民不得越境取水數年互不能決後懷民執府志

爲攔訴之府乃得其平

女環塘在縣南九十里

倪家湖南湖（又名馬廠湖）方家湖皆滙龍王溝橛澗柴澗之水（互見上篇）

壽春塘在縣西南七十五里柳灘鋪南

史陂塘在縣西南七十五里

湄湖又名湯魚湖（見上篇）

平阿湖又名常家湖（見上篇）

蘆塘湖在彭村北

茆塘在招軍營西北

滿金池在孔岡西北

鈔家湖段家湖邵家大湖在縣西九十里褚家湖在縣西七十五里韓家湖在縣西七十里湮得湖又名烟墩湖在縣西七十里趙漫子湖在縣西六十五里皆淤無水可稼穡邵家湖最下宜稻餘皆種秫黍

葉家湖莫家湖許家湖在龍亢西北

柳升塘在縣東

傅家湖在縣西三十五里馬家湖在縣西八里（受荆山西麓之水）

鳳皇池在荆山北麓

蚌泉在荆山北麓

帖家湖燕家湖團湖皆抄河故道今盡涸施耕種惟團湖有水

四方湖周三十餘里在縣東

石羊壩在荆山西南麓當大澗之上源以障淮水今廢

清溝源出宿州龍山湖北滙十湖之水肥北諸溝此爲大十湖者年家湖姚家湖陳家湖胡家湖滕家湖常家湖房家湖梅家湖及宿州之廖家湖韓家湖今漸淤其最下者宜稻清溝之南無量溝之東有姚家湖南流爲小溝入無量溝有常家湖滕家湖北合清溝唐溝之東有白蓮湖水合小石澗溝而漢溝之西有崔成湖大石澗溝之東有駱家湖其南有蘇家湖東北有艾家湖斜溝之東有鄭家湖沙溝之西有大廟湖則皆耕種爲平地焉

定遠縣

漢泉在縣西五十里又有楚泉合流入洛

楊亭湖在縣西九十里

大橋湖在縣東南三十里

石塘在縣西北五里

桑家澗在縣東三十里

苦竹澗在縣東八十里

馬長澗在縣西二十五里

白澗在縣西三十五里

烏沙澗在縣西七十里

沙澗在縣北三十里

銅城澗查塘澗在縣西八十里

漢泉堰儲漢泉水在縣西五十里

楚泉堰儲楚泉水天然石壩在縣西北六十里

城子陂在縣西七十里九子集南

遼西陂在縣西北二十五里

夏乾陂蘆池陂並在縣南六十里

白蓮陂在縣東南五十里

藕蓮陂在縣東南七十里

古陂在縣南稍東二十里

周泿陂在縣南四十里

鳳皇池在縣治東

曲陽池在縣治西

放生池在縣治西南

小石塘在縣東五里

白塘新塘在縣東四十里

戚家灣塘在縣南七里縣志云昔戚少保退老憩此里人欽其忠勇率千餘人爲之開壑不日成之因號南塘

小堰塘在縣東四十里

藕塘在縣東六十里

官塘在縣南二十里

孔塘平觀塘並在縣南三十里

劉塘在縣西七里

杜塘在縣西二十里縣志云相傳唐杜如晦駐兵於此故名

石塘在縣西二十五里

辛塘在縣東四十里

竹塘胡塘俱在縣西二十五里

清流塘在縣西三十里

長鳳塘古路塘高塘俱在縣西六十里

侯塘西陳塘北陳塘斛塘三塘陳子塘藕荷塘大方塘周真塘俱縣西七十里

白塔塘柳塘俱縣西九十里

管陂塘七里塘五里塘三陂塘范塘俱縣西八十里

喜羊塘在縣北三十里喜羊山下

盤塘在縣北四十里

龍潭塘在縣西北八十里

橫山塘在縣西北七十里

洪塘在縣東南四十里

[illegible][illegible]龍泉[illegible]在縣東南四十五里

七百步塘在縣東南七十里

四塘在縣西南五十里

秦塘胡𨒪塘濟明塘俱縣西南二十里

[illegible]塘在縣西南四十里

硯瓦塘在縣西南六十里

胡明塘在縣西南二十五里

鐵塘在縣西南七十里縣志云明戚南塘延僧於此誦經故名

剌塘章塘柳浫塘俱縣西南九十里

陶家壩在縣城南二里同治十二年修築邑人凌和鑾有記

壽州

馬跑泉在州北五里冬夏不涸

芍陂在州南六十里亦曰期思陂又爲龍泉陂今名安豐塘周一百二十里溉田萬餘頃州志云舊有五門隋趙軌更開三十六門後存二十八門滚水壩一減水閘二有義民有塘長有門頭有閘夫啟閉以時來源三一淠水今湮塞一肥水今失故道一龍穴山水發源六安州龍穴山由菉河會番山白堰河石堰河水入陂顧祖禹讀史方輿紀要芍陂在安豐城南百步淮南子孫叔敖決期思陂之水灌雩婁之野意林孫叔敖作期思陂而荆之土田饒水經注肥水東北逕白芍亭東積而爲湖謂之芍陂周百二十里在壽春縣南八十里陂有五門吐納川流西北爲香陂門北逕孫叔敖祠下謂之芍陂瀆又北分爲二水一東注黎漿一北至肥水皇覽楚大夫子思造芍陂崔實月令孫叔敖作期思陂華夷對鏡圖芍陂周迴二百四十四里與陽泉大業陂並孫叔敖所作開溝引淠水爲子午渠開六門灌田萬頃通釋勺陂首受淠水西自六安北界駟虞石東自濠州

之南橫石水皆入焉後漢王景傳建初八年遷廬江太守郡界有故芍陂稻田景驅吏民修其蕪廢灌田萬頃由是境內豐給魏志建安十四年曹操軍譙引水軍自渦入淮出肥水軍合肥開芍陂屯田益自芍陂上施水則至合肥也建安五年劉馥爲揚州刺史鎮合肥廣屯田修芍陂茹陂七門吳塘諸堨以溉稻田公私有積歷代爲利後鄧艾重修此陂堰山谷之水旁出小陂五十餘所沿淮諸鎮並仰給於此吳志赤烏四年全琮略淮南決芍陂魏將王凌與琮戰于芍陂琮敗還晉初丁奉諸葛靚皆出芍陂攻合肥又劉頌爲揚州亦修治芍陂永和八年謝尚與苻秦將苻雄戰于許昌敗奔淮南姚襄送尚于芍陂九年姚襄自淮南進據芍陂尋從屯於盱眙伏滔曰龍泉之陂良疇萬頃謂芍陂也宋元嘉七年長沙王義欣爲豫州刺史鎮壽陽芍陂久廢義欣修治隄防因舊溝引淠水入陂溉田萬頃無復旱災齊建元二年豫州刺史垣崇祖修理芍陂屯田隋開皇中趙軌爲壽州長史芍陂舊有五門堰軌更開三十六門灌田五千餘頃唐上元中亦於壽春置芍陂屯田元和志芍陂周二百二十四里逕百里宋熙甯中嘗議修治元至元二十一年江淮行省言安豐芍陂可溉田萬頃若立屯田實爲便詔從之於安豐立萬戶府屯戶一萬四千八百有奇後廢夫芍陂淮南田賦之本也曹公置揚州郡縣長吏開芍陂屯田而軍用饒給齊梁間皆於芍陂屯田而轉輸無擾乃棄而不事何歟　壽州志引明史河渠志永樂十二年修鳳陽安豐塘水門十六座成化二年修壽州安豐塘十九年監察御史魏璋發官銀一千餘兩修芍陂有記嘉靖二十七年知府栗永祿重修有記立退溝爲界隆慶二年知州甘來學修芍陂又立新溝爲界萬歷十一年知州黃克纘重修立積水界石有紀四十三年後兵備道賈之鳳知州閻同賓州同朱東彥又修之　國朝順治十二年知州李大升重修芍陂有記康熙三十七年春知州傅君錫詳請復修州同顏伯珣董其役築新隄二修復二十七門三十八年春補築新移門築梁家窪三十九年夏疏理諸溝禁絕流築壩四十年春築江家潭種柳七百株增築廟東隄夏濬皁口秋增築沙澗隄作孫相國新廟有州人張達顏公重修芍陂碑記及伯珣自作碑記四十一年秋補築老廟口四十二年春大鑿皁口復水故道作新廟兩廡雍正九年知州饒荷禧於塘南建滾水石壩塘北修鳳皇閘以洩餘水乾隆二年知州段文元詳請官銀三千兩有奇改修滾水石壩乾隆十四年知州陳韶詳請官銀一萬三千兩有奇挑濬塘身修築塘埂三十七年知州鄭基詳請重修有碑記嘉慶十年生員陳廠等呈稱六安州民晁在典等於上游高家堰等

處中流築壩阻遏來源巡撫胡克家委員會勘檄飭拆毀仍勒石示禁以杜後訟二十三年士民陳履亨捐修鳳皇閘道光五年六安民晁燕愷等復築壩阻截水源署知州傅懷江詳請鳳廬道戴聰親詣履勘飭令拆毀八年春知州朱士達捐廉銀一千兩會州同長春捐廉銀一百五十兩倡勸環塘士民許廷華江善長等輸助重修眾興壩皁口閘疏通中心溝一道長五十餘里挑挖塘身增補隄埂改修鳳皇閘坦陂更換各水門石版木椿之朽裂二月興工九月竣事用銀一萬一千七百六十四兩有奇冬十一月復以塘工餘銀增捐重葺孫公祠並有記十八年生員戴秉衡等呈稱塘民開田經總督陶澍札飭本府舒夢齡查勘示禁知州續瑞勒諸石同治五年知州施照重修滚壩有記光緒三年候補道任蘭生撥款修濬塘隄橋閘溝壩水門及孫公祠用制錢三千一百五十六千四百五十四文州人孫家鼐有記十五年巡撫陳彝撥銀四千餘兩濬治芍陂大土門既爲民所私發復添設永安門仍爲二十八門州同宗能徵有安豐塘水源全圖記

蔡城塘在州東七十里溉田二百餘頃按是塘爲懷遠壽州連界處互見懷遠縣

下

逃夫陂在城東三十里設水門二座

面羅陂在州東六十里長五百四十丈闊一百八十丈深六尺水門二

閎陽陂塘在州東六十里長五百四十丈闊一百九十丈深一尺水門一

船陂塘在州東七十里長五百四十丈闊九十丈深五尺水門二

三觀陂塘在州東八十里長三百六十丈闊一百八十丈深五尺水門二

葛陂塘在州東十五里長三百六十丈闊一百八十丈深四尺水門四

城子陂塘在州東九十里長三百四十丈闊五百九十丈深八尺水門二

紫蛇陂塘在州東南七十里長八十丈闊三百丈深六尺水門二

湛陂塘在州東南八十里長一百八十丈闊一百四十丈深四尺水門二

阮羅陂塘在州東南九十里長五百四十丈闊七百二十丈水門一

葛塘在州東南一百里長三百六十丈闊如之深六尺水門四

黃滸塘在州東九十里長一千六百二十丈闊五百四十丈深一丈一尺水門四

石闌陂塘在州南七十里長三百六十丈闊如之深八尺水門一

上石塘在州南八十里長五百四十丈闊如之深八尺水門三

下石塘在州南八十里長七百二十丈闊如之深一丈水門二

張仙陂塘在州南九十里長五百四十丈闊如之深一丈二尺水門二

蘆陂塘在州南九十里長二百三十丈闊一百五十丈深九尺水門二

朱陂塘在州南一百三十里長九百丈闊七百二十丈深六尺水門三

龍陂塘在州南一百五十里長七百二十丈闊五百四十丈深六尺水門三

上桑陂塘在州西南五十里周圍二十里水門二

下桑陂塘在州西南三十五里塘制甚大水門八

黃山塘在州東六十里

銅柱塘在州東六十里

安基塘在州東八十里

大陂塘在州東七十里埂長二十一丈面闊十八丈深七尺水門二座使水民十三戶放水溝三道

洪塘（即水經注橫塘）在州東五十里埂長三十八丈面闊四十丈深五尺水門二座使水軍長八戶水溝二道（今廢存水溝一道上有橋名洪橋）

黃陂塘在州東五十里長四百丈闊四百二十六丈深六尺水門二

石塘在州東十里長九丈闊十五丈深八尺水門二

撈魚陂塘在州東南六十里長三十六丈闊七丈深七尺水門二

大橋陂塘在州東南一百一十里長一百一十丈闊五十丈深五尺水門四

棗林塘在州東南一百五十里長一百五十丈闊一百丈深五尺水門三

阜陂塘在州東南一百五十里長一百八十丈闊九十丈深六尺水門一

罩陂塘在州南八十里長三百六十丈闊五百四十丈深六尺水門一

蔡陂塘在州南八十里長三百六十丈闊如之深七尺水門二

羅陂塘在州南八十里長五百四十丈闊四百丈深一丈三尺水門五

廣沿塘在州南一百三十里長一百一十丈闊五十丈深五尺水門四

荆塘在州南一百三十百長一百八十丈闊如之深六尺水門二

茶陂塘在州南一百五十里長一百八十丈闊一百五十二丈深六尺水門二

紅陂塘在州南一百七十里長一百六十丈闊三百三十六丈深五尺水門一

連二陂塘在州西南十五里

馬陂塘在州西南二十里周十里水門二

獨龍陂塘在州西南三十五里周三十餘里水門一

劉陂塘在州西南六十里水門三

樊陂塘在州西南六十里周二十里水門一

鳳臺縣

盤泉出東泉塘山西麓盤石下合山南細泉注澗可灌田百餘頃

元女泉出紫金山西南麓泉極大又坩小泉涌溢下流爲澗滐洄六府山間終歲不竭南注於肥可灌田百餘頃

聚星泉出鸞尾山北沈村東南石版橋邊泉衆出如聚星終歲不竭北注錢家湖可灌田二頃

抱雪泉出廬題山西北終歲不竭北注瑤澗湖可灌田二頃餘

沁月泉出小石嶺口北泉底數百竇上吐爲珠沫大暵不涸溢流東北會大石嶺水入牛氏長溝溉田可四十頃

嵐香泉出馬蘭山東北麓歲旱不涸可灌田數畝溢注石門潭

洗靈泉出石門潭北厓趾終歲不竭流出潭東北可灌田數十畝北注老魚溝

渾山泉出渾山北麓可灌田數十畝

魯村灣閘在縣東北三十里西南負山東北濱淮爲地三百餘頃內有三湖西徐家湖中孔家湖東馬家湖受南山之水地勢西高東下西湖不可開東注則東湖瀰漫北灘亦高淮水盛漲由東灌入舊有土埠障水㝷廢乾隆十七年知縣朱扆詳請築壩未果二十四年知縣鄭基續成之建石閘以司洩閉知縣鍾旭黃道恩沈丕欽相繼增修嘉慶十二年大水衝廢十四年知縣李兆洛令塘外挑土抱築增石閘高三尺餘

大山集壩在縣北二十里卽魯村灣上壩淮漲則溢入爲患知縣朱扆請修鄭基續成之長六百丈高四尺

豐湖閘在縣西三十里舊名小口溝在焦岡湖濱淮一面屢被淮患嘉慶十四年知縣李兆洛築修湖口壩大口溝壩楊家腦壩以防驟漲是冬淮水落因開小口溝以洩湖水建石閘以資宣節又疏催糧溝中心溝以下高阜之水

二里壩閘在縣西二里肥水入城西湖之口舊閘久毀肥水小漲卽淹嘉慶十五年邑人趙長淸等重造十六年成

王棐家菴東西壩在縣東北三十里石頭阜諸山之水山胭

脂溝入淮淮漲倒灌則瀕溝之田皆爲巨浸嘉慶十五年士民廖朝紳廖奎祥捐築壩二道西壩長二百餘丈東壩長五百餘丈保護民田六十餘頃

濕泥河黑濠河（互見上篇）裔溝皆宣導蒙境及縣西北境高阜之水分注淮肥爲下蔡以北水利要害乾隆二十二年知縣鄭基請帑修濬今河形雖在淤塞過半

界溝在縣西北境與蒙城東南境爲界蒙城地高平原水集輒注縣境舊於分界處掘溝於賈家村平岡分一支東注黑濠入淮一支西注西肥入淮以衛民田數十百頃今歲久漸淤

張家壩在縣北一里餘爲蒙亳通衢每淮水泛漲浸灌成渠光緒十五年知縣桑寯稟請籌款重修

焦岡湖董峯湖（見上篇）

宿州

陴湖隄在符離東北九十里灌田五百餘頃（州志云是隄唐顯慶中修久廢）

睢河隄起毛城鋪入州西北界下抵靈璧縣界嘉慶二十二年署知州劉用錫因彭溝閘分洩北股河減黃入睢水勢浩大詳請奏准幫修睢河南堰道光三年知州蘇元璐因歷年蕭縣漫口減黃入睢西堰危險詳請奏准幫修睢河西堰北股河隄由天然閘下夾河兩隄自蕭縣之永堌山至州之芠

山東面依山西岸築隄隄高廣如汰黃隄至會要山以東爲縷隄高廣如雎河隄嘉慶二十年署知州劉用錫詳請於河西岸創築新隄東禦黃流二十二年又創築南堰北堰路家堂靈鷲寺下抵靈璧界兩岸無堰舟遇減黃漲溢盡成澤國道光五年知州蘇元璐勸民修

南股河隄由河南永城縣入州西北界下抵靈璧縣界

北連糧溝閘閘夫四名知州經管

西流西黃疃彭溝沙溝四閘閘夫十六名州同經管

桃溝唐溝柏山欄干山四閘閘夫十六名州判經管

紫蘆湖湖產蘆紫色故名或云即子路百里負米處名子路

湖

車家湖漢丞相田千秋好乘小車武帝呼爲車丞相征和間封富民侯食邑於蘄其府遺址猶存因以名湖州志云以上在州東南

蓮花湖即蓮花池在州東北八九里池甚廣濶中多芰荷

杜家湖在州東

劉家湖在劉家闕西晉劉恢居此故名

郭家湖在州東北

傅家湖明潁國公傅友德居於湖南故名

鄭陂漢獻帝時鄭渾爲沛郡太守郡居下溼水潦爲患百姓饑之渾於相蕭二縣興陂堨開稻田郡人不以爲便渾曰地

滂下宜灌溉終有魚稻經久之利遂躬率百姓興工一冬皆成比年大收租入倍常郡中賴其利刻石頌之號曰鄭陂

竹莊湖在州西北四十里

土型湖即古白瀆故道爲鄭陂下流

蔡里湖四山環繞形勢最佳湖中有舊城阯州志云以上在州西北

横隄湖在州西南十里

蓮斗湖在州西南四十里

邊家湖在州西南四十里

赤底湖在州西南九十里

蔡莊湖在州西南九十里

龍山湖在州西南九十里

黃鴨湖馬家湖皆在州南

龍涴潭在閔子鄉武城里之左其流可灌田數千畝歲旱禱雨輒應

固臺泉州志作堌在固臺寺神座下滙流寺前爲塘灌田圍數頃

龍泉在武里龍泉寺側東流名老泉左右有小泉數十衍流極盛溉田數十頃

珍珠泉在鎮頭寺院內流出寺前又有一泉合流山下灌田數百畝產稻最佳

上元泉在靈源寺前灌田數百畝泉水清甘味如中泠以上諸泉

皆在州北

溪溝騎界溝香椿溝神路東西兩溝申家溝新挑溝邱家溝
土山東西二溝舊北股河溝集溝皆在州西北
北運溝石洞溝彭家溝黃家溝州志有石澗溝又有秦家溝清水溝馬莊
溝皆州北
版橋溝大橋溝老山泉溝龍泉寺溝朱家溝大挑溝小挑溝
鎮頭寺溝水橋溝玉皇溝灌溝芙蓉溝看花溝北流溝草溝
濇溝州志作滹溝橫溝北界溝七里溝八閒溝鴻心溝黃助溝皆
在州西北
小草溝南界溝南臨溝西臨溝東臨溝北橫溝古橫溝軍路
溝楊家溝張家溝吳家溝胡家湖界溝八丈溝虆溝柳溝官
溝粱溝支疃溝項家溝趙家溝王家溝戴家溝安家溝龍鬚
溝廖溝湖溝皆在州東南
南運溝婁溝陳溝東牛溝雙龍溝驢溝許家堰溝太平溝宋
家溝靑龍溝鳳池溝馬家溝黃溝皆在州南
唐溝挑溝闞溝傅家溝豬漿溝楊柳溝西牛溝尤家溝白廟
溝蕭溝雙沃溝長溝毛家溝靑化溝姬家溝大柳溝三道溝
黑溝五渡溝白羊溝雁領溝大里溝西小里溝東小里溝小
白羊溝小靑羊溝韓家溝鳳凰溝糇家溝傅里溝三里溝七
里溝岔溝任家溝孟溝曹家溝蓉花溝半截溝蔣溝鳳溝興

龍溝一崖溝殷家溝雙廟溝鄭溝大麻溝青龍溝紅溝三溝皆在州西南

按宋蔣之奇爲淮東轉運使修水利以食流民宿州諸溝多其修濬臨渙橫斜三溝尤其大者

靈璧縣

黃泥溝在縣境西北合君實靈覺諸山之水至李家窪其流始大往時黃水南來沙鎮溝塞乾隆十九年知縣貢震請帑開濬

魁山支河由宿州柏山頭至靈璧三村口入睢河明萬歷間潘印川濬以消徐城積水爲兩隄以東水後爲黃水淤墊西水壅滯宿境先被其害而靈邑固賢三村一帶亦爲巨浸

運料河在謝家樓康熙中淮徐道潘尙智開乾隆十八年黃水淤爲平陸

房村涵洞峯山引河康熙五十年河臣奏改挑由焦官營至靈境單家橋以南因其開通峯山閘故名河成之明年黃水潰隄睢境全河盡淤靈境猶存河形兩岸淤高內水不出連年被浸居民苦之

京渠在九頂山西北西繞丁公山而南約五里爲章渠又南三里爲杜渠人謂之三渠

磬山溝自釣魚臺起至墟綱口入孟山湖洩漁溝以東岡原

之水年久淤塞

漁溝在縣北七十里洩沫溝湖水南入睢河溝形淺窄乾隆四年河貟濬之以接峯山閘引河遂成巨川嗣後屢塞屢濬

輝山溝在白馬山前東西十五六里南北四五里舊有溝在湖窪中乾隆八年邑人因前歲峯山閘啟黃水爲災請開舊溝以減水患

青龍溝南通潼河與華家溝相對

拖尾河在縣境西北洩青家湖之水入睢以湖爲首則河爲之尾故名河所經北鄉極窪之地淤塞已久乾隆十九年知縣貢震請帑開濬

五丈溝自宿州余家窪東至靈境三村寺後至王家井入拖尾河曈湖陵子湖土山湖孟山湖崔家湖俗謂之五湖

李宿家溝初從霸王城西宿境睢河南出故其地名三义河至李家莊入靈境會斗溝長三千五百餘丈後宿州開清水河築子堰三汊河遂塞乾隆十三年監生趙長治開濬此溝卽接清水河東至韋曈入睢不由故道

斗溝發源宿州楊家湖至梁家莊入靈境會楊曈溝北入睢河

塘溝原從宿境燕子口分睢河之水至王家莊入靈境會斗溝自燕子口塞受宿境磨臍溝之水亦爲黃水淤塞

長直溝自縣東北潼郡集起南至板橋又南至魏橋又南至荀家鋪又南至長溝集北止長六十餘里石湖四溝三注山下湖名甚多大者石湖爲最四面各有溝爲縣東水道一大關鍵

斜溝在石湖北起自孟山湖至石湖長五千二百餘丈洩西北諸湖之水久淤

楊家窪溝在石湖西由潘家集至新河東口入石湖長二千二百餘丈久淤

老鸛脖湖在石湖東洩石湖之水橫截長直溝東入虹境荀家溝長九百餘丈久淤乾隆十九年里民開通石湖之水東出甚暢

范家溝在石湖南洩石湖之水南過吳公橋入岳家河以通虹境草溝初吳公橋金門甚窄宣洩不暢汴隄以下田廬被浸乾隆十九年知縣貢震令民於江家窪接挑一溝明年改建吳公橋加修高濶於是湖水南注直捷通暢

土山溝在縣北三十里源出注湖北流入小河過土山湖以入睢河陳家廟以南向無溝形康熙中商人捐開小溝南通十里店後漸淤塞乾隆十九年開挑鳳河及范家溝由是土山溝向爲北流者轉而南流

鳳河乾隆十九年開濬長六千餘丈

陸家溝發源宿州麻湖東至靈境傅家橋至疃集北入楊疃溝長四千三百餘丈年久淤塞乾隆九年里民呈請疏濬十九年工成

楊疃溝起自穆家湖北涯之冉家橋至胡家宅入睢河長三十餘里宣洩楊疃四面數十里溝窪近年各溝淤淺

崔家溝起自十里店北五空橋北至任家廟又北至郭家橋又北至崔家莊又北至黃家橋又西北至沈家門前入楊疃溝通長二十餘里

秤池溝原自汴隄余家墩北起過亢家湖尾入穆家湖通長不足三十里

羅家溝洩城南窪地之水久淤乾隆八年知縣張開濬長五十餘丈十數年復塞十九年知縣貢震重修寬深如舊惟戴家屋後溝形兜灣改爲直截

七里溝起自縣南梁家廟之西至西家場長一千五百餘丈城西王家湖城南杜家冲之水由此溝宣洩年久淤平

岳家湖起自縣東吳公橋以洩隄北石湖之水至岳家莊後會羅家溝水東入虹境下通草溝此河在靈璧境者十里而近

大路溝起城南至固鎭昔年半爲湖路夏初雨集田畝被浸行人病之乾隆七年巡撫陳大受等會題請修治大路路旁

開深溝以洩平地之水

小草溝在柯家湖東（靈璧河渠志略云以虹縣草溝爲大故此稱小）淤塞已久乾隆十二年蘇令集夫開濬從高家橋起首東南至靈虹交界處約長二十餘里

葛家溝起自柯家湖至黃家莊入沱河長三千餘丈

姚家溝在葛家溝西起自柯家湖過陳家橋入沱河長與葛家溝相等歲久不修乾隆十八年諸生劉長祚等請濬之

李家溝在姚家溝西起自楊家集至劉家橋南入沱河約長十五六里乾隆十九年濬

小龍溝在李家溝西起自齊眉山西北之葉家湖至蛟龍谷堆南入沱河溝形屈曲約長二十四五里

洪溝在司家坊之西與宿州接壤率多湖窪溝從高家湖過錢家莊入沱河約長十五六里徐元集以南平地之水皆由此宣洩

漂澗源出沱河北起觀音閣東之三空橋南至澮河宿靈以此分界故亦名界溝

馬路溝自宿州東入靈璧境至五河縣甄家集南入澮河東西橫貫洩水最爲順直

蘇陳溝在固鎮東起大路七里橋至徐家山樓[illegible]入澮河約長十五六里

陡溝在蘇陳溝東入澮河長二十五六里朱家康家時家諸河之水由此南洩宋李顯忠復陡溝克靈壁卽此地

貝溝在陡溝之東入澮河長二十五里

北直溝在貝溝之東入會通溝長十餘里前馬路溝水盛故多分洩之溝今淤

珍珠會通二溝起自羅家橋東南至倪家橋分四支一支南流合北直溝水以達澮河長三十餘里爲會通溝久淤

蔡家湖溝在濠城南歸澮河約二十餘里新馬里東之水藉此宣洩久淤

蘆溝在澥河之南跨鳳陽靈壁兩縣入河溝北諸湖之水俱藉宣洩久淤

格子溝鳳陽靈壁之界溝也溝東屬鳳溝西屬靈

觀音溝由鳳陽縣境釣魚臺西來至遲家莊南入靈壁境受格子溝水入肥河

運糧溝一名大溝在格子溝西衛地李家湖及縣境平地之水俱資宣洩

淸河溝在八塔集北之淸河里入洪溝約長五里許溝形已失

方家溝在蚌步集東淮河之濱淮水衝刷成溝淮漲卽從溝口灌內地濱淮二三十里俱爲巨浸居民每於溝口築隄堵

渠

舊按孫叔敖作芍陂安徽水利此爲最古外如蔡城塘郭陂塘花園湖皆水利之大者修而治之上腴之地也顧黄河南徙奪泗入淮而渦睢沱澮諸水亦時助其虐往往爲一郡害蠹壁境内黄河僅二十二里而張家瓦房通河稱極險焉治水者縱不能使水之不溢亦當求水之易消誠使多濬溝渠以容以洩冬春閒地無積潦二麥得以播穫民病庶有瘳乎